L'ANNEAU DE GYGÈS,

COMÉDIE-VAUDEVILLE

EN UN ACTE,

DE MM. ÉTIENNE ARAGO ET DESVERGERS.

Représentée pour la première fois sur le Théâtre du Vaudeville,
le 3 août 1824.

PRIX : 1 FR. 50 C.

PARIS,

AU GRAND MAGASIN DE PIÈCES DE THÉATRES ANCIENNES ET MODERNES,

CHEZ Mme HUET, LIBRAIRE, RUE DE ROHAN, n. 21.

Et chez { BARBA, Libraire, au Palais-Royal ;
DELAVIGNE, Libraire, rue Bourg-l'Abbé, passage de l'Encre.

1824.

PERSONNAGES.		*ACTEURS.*
RAYMOND, propriétaire retiré du com.	MM.	*Cossard.*
GUILLARD.		*Guillemin.*
ALBERT, son fils.		*Lafont.*
Mme. LEFRANC, sœur de Raymond.	Mme.	*Guillemin.*
EUGÉNIE, fille de Raymond.	Melle.	*Huby.*
THOMAS, domestique.		*Victor.*
Protêt, vieil huissier.		*Justin.*
Recors et villageois.		*Chœurs.*

La scène se passe dans un village de la banlieue de Paris.

IMPRIMERIE DE CARPENTIER-MÉRICOURT,
Rue de Grenelle-St-Honoré, n. 59.

L'ANNEAU

DE GYGÈS.

Le théâtre représente un salon gothique : au fond, la porte d'entrée donnant sur un jardin ; à gauche, sur le second plan, la porte d'un cabinet au-dessus de laquelle l'on voit des antiquités. A droite une autre porte communiquant avec le reste de la maison ; à côté de la porte du cabinet, une table chargée de vases antiques.

SCÈNE PREMIÈRE.

THOMAS, seul, un plumeau à la main.

Là.... tout est ben rangé, et not' maître peut arriver quand il voudra... il n'doit pas tarder : v'là qu'il est neuf heures... (*Se tournant vers la porte du cabinet.*) Heim ! s'il avait laissé la clé de c'cabinet... faut pourtant que j'y entre quelque jour sans qu'il le sache..., que j'voye tous ses outils de physique, qu'il appelle... j'crois ben que c'est plutôt des inventions d'la magie noire... car il m'fait queuqu'fois des peurs qu'ça fait trembler... quoi!...Il va rapporter aujourd'hui de Paris une machine qui dit comm'ça, avec laquelle j'verrons marcher la haut la lune, les étoiles, l'soleil, etc.; tout ça va encore me tomber sur l'dos ; c'est sûr... avec ses expériences, j'suis un vrai souffre douleur ici, moi.

Air *du Ballet des Pierrots.*

L'aut' jour il tourn' un'grand'rou' d' verre,
Il m' touche et l' feu m' sort du menton,
Et pendant plus d'une heure entière
j' m'ai cru mort d'la commotion.
Ça m'a fait voir trente chandelles,
Mais qu'est c'que ça va t'êtr' jarni,
S'il m'fait par ses machines nouvelles
Voir des étoil's en plein midi?

Oh ! mon Dieu ! est-c'que je n'ai pas entendu du bruit? C'est p' t'êtr' dans c' maudit cabinet.... Je n' sais pas pourquoi j'voudrais y entrer, et pourtant j'ai un'peur quand j' suis à la porte... j' crains toujours qu'il ne sorte de là dedans...

SCÈNE II.

Mad. LEFRANC, ALBERT, THOMAS (effrayé par le bruit de la porte).

THOMAS.

Oh ! la ! la !... J'ai t'y eu une peur !

Mad. LEFRANC.

Dites-moi, mon cher Albert, ce qui nous procure l'honneur de vous voir si matin à la campagne.

ALBERT.

Une confidence que j'ai à vous faire, madame.

Mad. LEFRANC.

Une confidence !... à moi ? Sortez, Thomas.

THOMAS (à part).

Comment, une confidence !.. Est-c' que... Ah ! ah ! (*Il sort*).

SCÈNE III.

ALBERT, Mad. LEFRANC.

ALBERT.

Oui, ma bonne madame Lefranc, je viens solliciter votre médiation auprès de mon père. Vous habitez le même village que lui, et j'ai pensé que vous seriez assez bonne...

Mad. LEFRANC.

Pour vous faire encore pordonner vos folies... Ne vous corrigerez-vous jamais, mon cher Albert ?

ALBERT.

Oh ! je suis bien changé, je vous jure.

Mad. LEFRANC.

Vraiment !

ALBERT.

A ne pas me reconnaître...

AIR *de la Partie carrée.*

De mes travers éloignons la mémoire,
Sans vanité je suis sage à présent.
J'ai perdu, vous pouvez m'en croire,
Mes défauts avec mon argent.

Oui maintenant, j'ai changé de système,
Et la folie est pour moi sans appas.
En vérité, je me cherche moi-même.

Mad. LEFRANC.

Ne vous retrouvez pas. (*bis.*)

ALBERT.

Je ne fais point une démarche pour cela, je vous assure... Mais voyez-vous, ce qu'il y a de désagréable dans mon histoire, c'est qu'il est des gens qui veulent à toute force me retrouver.

Mad. LEFRANC.

Je ne vous comprends pas.

ALBERT.

Voilà ce que c'est... Dans mon plan de réforme, j'ai compris également l'oubli de ce que je fus et de ce que je fis.... Personne ne s'est guère occupé de ce que je fus... Quant à ce que je fis, les honnêtes gens dont je vous parlais tout à l'heure, qui n'avaient pas les mêmes raisons que moi pour oublier le passé, ont bien voulu se souvenir d'une certaine somme de mille écus.

Mad. LEFRANC.

Ah! j'entends...

ALBERT (d'un air dégagé).

Oui... j'ai écrit à mon père; il m'a répondu... mais d'une manière désespérante... Enfin on a prise de corps contre moi... Je me suis vu obligé de quitter Paris; je n'ai plus d'asile, et je viens vous prier de demander à mon père qu'il veuille bien éviter à mes créanciers la peine de me trouver un logement.

Mad. LEFRANC.

Hum!.. c'est aujourd'hui la fête du village et il ne sera pas aisé d'aborder M. Guillard qui, en sa qualité d'adjoint de la mairie, préside à toutes les cérémonies... Mais, j'y songe... mon frère doit revenir de Paris ce matin même. Votre père, qui précisément l'a chargé de prendre quelques renseignemens sur votre compte, viendra sans doute le voir à son retour, et je vous promets de faire mon possible.

ALBERT.

Comptez sur ma reconnaissance. (*Il fait le tour de l'appartement.*) Ah! ça, où me cachez-vous?

Mad. LEFRANC.

Comment, vous cacher!

ALBERT.

Sans doute... Ils sont à mes trousses... je leur ai échappé par miracle.

Mad. LEFRANC.

Imprudent!.. que va penser Eugénie?

ALBERT.

Elle est ici!.. Oh! bonheur!..

Mad. LEFRANC.

Allons, allons, soyez sage. Il s'agit maintenant de veiller à votre sûreté, et, avant tout, de vous dérober aux yeux de mon frère.

ALBERT.

M. Raymond; à quoi bon, il ne me connaît pas, sur la foi d'une réputation... usurpée, il a constamment refusé de me voir, tant à Paris qu'à la campagne.

Mad. LEFRANC.

Mais ne pourrions-nous pas tirer parti de sa manie?

ALBERT.

De sa manie! laquelle?

Mad. LEFRANC.

Ignorez-vous donc que, depuis qu'il est retiré du commerce, mon pauvre frère s'est lancé dans les hautes sciences, la physique, les antiquités, et même l'alchimie.

ALBERT.

Vous m'étonnez.

Mad. LEFRANC.

Hélas! le malheureux y a déjà perdu une partie de sa fortune et de sa raison, et, en flattant ses goûts, on lui ferait ajouter foi aux choses les plus incroyables.

ALBERT.

Ce pauvre M. Raymond.

Mad. LEFRANC (réfléchissant).

Oui, pour vous faire agréer, je vous présenterai à lui comme un savant.

ALBERT.

Un savant, moi!... Oh! c'est une mauvaise plaisanterie.

Mad. LEFRANC.

Non, non.

ALBERT.

Quoi! vous voudriez....

Mad. LEFRANC.

Sans doute. (*par réfléxion.*) Il est vrai que votre mise recherchée n'est guère celle des savans, qu'on nous peint comme des ours.

ALBERT.

Ah! s'il n'y avait que cela pour nous arrêter; le siècle est bien changé.... aujourd'hui.... on ne peut plus rien juger sur l'apparence.

Air : *Un homme pour faire un tableau.*

Vraiment j'en rirais de pitié;
On savait aisément naguère
Distinguer le mérite à pied
De l'impertinence en litière.
Mais à présent qu'un même habit
Couvre le savoir, l'ignorance,
On confond un homme d'esprit
Avec un homme de finance.

Mad. LEFRANC.

Ainsi, vous consentez....

ALBERT.

Oui, oui; je ne vois pas pourquoi je refuserais d'être savant.... Je serai d'ailleurs près de mon Eugénie, et cette considération....

Mad. LEFRANC.

Pourrait peut-être vous faire négliger votre science. Songez y bien, jeune homme, et tâchez de faire oublier les fâcheuses impressions que vous avez faites sur l'esprit du père, afin qu'il approuve vos prétentions à la main de sa fille.

ALBERT.

J'entends du bruit.

Mad. LEFRANC.

Paix... c'est lui.

ALBERT.

Allons, allons, la démarche lourde, le débit saccadé, le regard dans l'espace, l'air un peu pédant... Je m'en tirerai tout comme un autre.

SCÈNE IV.

LES MÊMES, **RAYMOND, THOMAS.**

RAYMOND, (il porte sous son bras une boîte pleine de vieille ferraille, un vieux casque, une tunique et une urne.)

AIR *de Bancelin.*

Siècle ignare! (*Bis.*)
Siècle frivole et barbare
Où l'antique,
Le gothique
Sont mis
A d'aussi bas prix!
Peut-on le croire, grands dieux!
Le glaive du vieil Horace,
Moins cher qu'un couteau de chasse,
Vient de se vendre à mes yeux.
On estime un cachemire
Plus qu'un manteau de Didon:
D'Homère on vendrait la lyre
Moins qu'un méchant violon.
Siècle ignare (*Bis.*), etc.

Tiens, Thomas... pose ces objets sur cette table... Doucement, doucement.... des précautions. (*Il court à la porte du cabinet, cherche la clef dans sa poche et entre à demi.*) Bien, tout est bien dans mon laboratoire.

Mad. LEFRANC.

Bonjour, mon frère.

RAYMOND.

Bonjour, ma sœur... Quel est ce monsieur?

Mad. LEFRANC (bas).

Il est venu pendant votre absence... C'est un savant étranger, m'a-t-il dit.

RAYMOND.

Un savant! (*saluant Albert.*) monsieur...

ALBERT.

Oui, Monsieur, membre d'une société d'antiquaires d'Allemagne, je n'ai pas voulu passer auprès de la demeure d'un homme dont la réputation est européenne, sans lui demander la permission de lui présenter mes hommages et de visiter les antiquités précieuses dont il est possesseur.

RAYMOND.

Monsieur... tout ce que je possède est à votre disposition. (*a part.*) Ma réputation européenne!.. hein! ma sœur... ce que c'est que la science!.. vite, un repas magnifique, un vrai repas de savant.

AIR *du vaudeville des Blouses.*

Un vrai savant, loin d'aimer l'abstinence.
Veille aux besoins du corps et de l'esprit.

ALBERT.

Gardez-vous bien de vous mettre en dépense,
Je n'eus jamais un fort grand appétit.

Mad. LEFRANC.

Quoi! vous aimez à faire maigre chère?
Mon cher Monsieur, vous êtes en ce cas
De ces savans comme on n'en trouve guère,
De ces savans comme on n'en trouve pas.

RAYMOND et Mad. LEFRANC.

Un vrai savant, loin d'aimer l'abstinence,
Veille aux besoins du corps et de l'esprit;
C'est pour ne pas nous induire en dépense
Qu'il a parlé de son peu d'appétit.

ALBERT.

Un vrai savant ami de l'abstinence,
S'occupe moins du corps que de l'esprit.
Gardez-vous bien de vous mettre en dépense;
Je n'eus jamais un fort grand appétit.

SCÈNE V.

RAYMOND, ALBERT.

RAYMOND.

Puis-je savoir, monsieur, le nom de l'illustre étranger qui daigne me visiter?

ALBERT.

Albert. (*A part*) Je ne ments pas; c'est mon nom de baptême.

RAYMOND.

Albert! Seriez-vous un descendant du grand Albert?

ALBERT.

Pas précisément; je crois que je descends en droite ligne du petit Albert.

RAYMOND.

L'un vaut bien l'autre... Savant alchimiste et profond astrologue. O sciences sublimes!.. Vous êtes bien heureux, jeune homme, de pouvoir embrasser sitôt cette noble carrière; je n'ai point joui de ce bonheur-là, moi.

ALBERT.

Comment?

RAYMOND.

Oui; il a fallu que j'eusse la science infuse pour persévérer avec autant d'ardeur... Des parens à préjugés se sont toujours opposés à ma vocation... le croiriez-vous, monsieur?

AIR *de Marianne*.

Dans les secrets de la nature,
Jeune encore j'étais tout entier;
Je disais la bonne aventure
Aux fillettes de mon quartier.
D'astrologie
Et d'alchimie
Je parlais soir et matin;
Mais en vain;
De moi mon père
Ne voulait faire
Qu'un bon marchand,
Et non pas un savant.
Or, ne pouvant être chimiste,
Je n'ai, je crois, pas mal choisi;
Car, pour joindre *utile dulci*,
Je me suis fait droguiste.

ALBERT.

Droguiste!

RAYMOND.

Oui, je croyais voir quelque analogie entre les deux professions... et ce n'est que depuis qu'une honnête aisance m'a permis de me retirer des affaires, que je me suis livré à mes nobles penchans.

ALBERT.

Il paraît que vous avez su réparer le temps perdu, et ce cabinet précieux que je brûle de voir...

RAYMOND (tirant sa montre).

Je conçois votre impatience; mais pour le moment impossible. J'ai là-dedans une expérience à laquelle le contact de l'air froid du matin pourrait nuire.

ALBERT.

Ah! rien de plus juste.

RAYMOND.

Mais, en attendant, nous pouvons jeter les yeux sur une acquisition que je viens de faire au quai Malaquais à Paris. Ah ! un marché d'or !... la rouille ne laisse rien distinguer...... Quelle antiquité!.. (*Il ouvre la boîte qu'il a apportée.*)

AIR *du Major Palmer.*

Voyez ces bronzes antiques,
Ces débris de l'ancien temps...
Diriez-vous que ces reliques
Ne m'ont coûté que cent francs?
Sur ces médailles peut-être,
Si j'avais des yeux de linx,
Je pourrais bien reconnaître...

ALBERT (à part en riant).

Que ce sont de vieux schelings.

RAYMOND.

Ce casque, dans la poussière,
Couvrit le front d'Attila.

ALBERT (à part).

Je reconnais sa crinière;
C'est un casque d'opéra.

RAYMOND.

Admirez encor sanglante
La lame de ce poignard.

ALBERT (à part).

Hélas! c'est l'arme innocente
D'un tyran du Boulevard.

RAYMOND.

Voici la noble tunique
Du grand vainqueur de Xercès.

ALBERT (à part).

Bon, la méprise est unique;
C'est un jupon d'écossais.

RAYMOND.

Et cette urne sépulcrale
Du tombeau du fier Tarquin.

ALBERT (lisant sur le bord du vase).

« Manufacture royale
« De Sèvres mil huit cent vingt. »

RAYMOND.

Et cet anneau... il faut avouer qu'il est d'une forme singulière... Vous avez de bons yeux, vous, jeune homme... voyez ces caractères...

ALBERT (*prenant la bague*).

Ce sont sans doute des hiérogliphes, ou quelques symboles chinois. (*à part, riant.*) Oh! le bon moyen pour faire preuve d'érudition. (*haut.*) Ce sont des caractères Lydiens. (*à part.*) Allons, de l'effronterie. (*haut.*) Si c'était...

RAYMOND (*vivement*).

Si c'était...

ALBERT.

Si c'était l'anneau de Gygès ?

RAYMOND:

L'anneau de Gygès!.. ce talisman par la vertu duquel on devenait invisible à volonté ?

ALBERT.

Lui-même ; il ne s'agissait que de le frotter un peu et de tourner le chaton dans le creux de la main.

RAYMOND.

Et vous croyez...

ALBERT.

J'en suis presque sûr... Cette forme... ces caractères...

RAYMOND. (*il s'empare vivement de l'anneau, le met à son doigt, le frotte et tourne le chaton.*)

Donnez, donnez, il faut en faire l'essai. Eh! bien, suis-je disparu?...

ALBERT.

Non, non....... Mais frottez encore (*Raymond frotte son anneau*). Ah! ça commence.

RAYMOND (*enchanté*).

Vraiment!

ALBERT.

Oui, vos jambes sont maintenant comme à travers un nuage.. Voilà que ça monte... Ça gagne la poitrine. Frottez plus fort. Diable ! la tête reste toujours.

RAYMOND.

Quoi! la tête n'est pas bien?...

ALBERT.

Oh! du tout... Mais attendez, prêtez-moi cet anneau.

RAYMOND (*l'ôtant de son doigt et le donnant à Albert*).

Quel dommage qu'il ne produise pas tout son effet!

ALBERT (*regardant l'anneau*).

Parbleu, je n'en suis pas étonné... voyez-vous cette rouille qui y est incrustée?... laissez-moi l'enlever... Je suis sûr qu'en lui rendant son ancien éclat, il recouvrera toute sa puissance.

RAYMOND (lui donnant l'anneau).

Oui, oui, frottez, frottez. (*Albert s'assied sur une chaise qui est derrière la table a côté du cabinet. On entend du bruit en dehors.*) Diable, qui vient donc nous troubler?.. eh! c'est monsieur Guillard.

ALBERT (vivement à part).

Mon père, bravo!... l'anneau va me rendre invisible à mon tour. (*il sort par la porte du cabinet; pendant ce tems Raymond va à la rencontre de Guillard.*)

SCÈNE VI.

RAYMOND, GUILLARD.

GUILLARD.

Eh bien, papa Raymond, quelles nouvelles?

RAYMOND (regardant de tous côtés).

Où est-il? ah! ah! ah! c'est l'anneau de Gygès qui fait son effet.

GUILLARD.

Qu'avez-vous donc?

RAYMOND.

C'est qu'il est complet cette fois ci. (*s'approchant.*) Vous êtes là... hein!

GUILLARD.

Mais encore?...

RAYMOND.

Voyez-vous cette chaise?

GUILLARD.

Sans doute... Eh bien!

RAYMOND.

Et dessus?

GUILLARD.

Dessus... Il n'y a rien, ce me semble.

RAYMOND (tout joyeux).

Rien, non rien...

GUILLARD (impatienté).

Allons... encore quelque nouvelle sottise, quelque expérience! Savez-vous que vous passez pour un fou dans le village. Vous vous ruinez, mon cher, avec votre physique, votre alchimie, votre astrologie et votre cabinet d'antiquités, qui, en résumé, vous conduiront à l'hôpital.

Air : *de Blanchard.*

Briguez, mon cher, des triomphes plus beaux ;
Loin de poursuivre des chimères,
Employez votre or, vos lumières
A de grands, d'utiles travaux.

Pour l'an dernier déjà,
Par une science profonde,
Vous annonciez la fin du monde,
Et pourtant, mon cher... nous voilà.

Si pour trouver des procédés nouveaux
Vous tourmentez votre génie,
Imitez au moins l'industrie
Et des Lagorce et des Ternaux.

Vous avez acheté
Une demeure assez gothique,
Pour lui donner l'air plus antique ;
Elle croule de vétusté.

Vous détruisez les moissons dans vos champs,
Par des fouilles plus qu'inutiles ;
Mon dieu! laissez les morts tranquilles
Et vivez avec les vivans.

Que sont ces vieux fragmens,
Ces bronzes que votre œil admire,
A côté de ceux dont Thomire
Orne les palais de nos grands?

Et pourquoi donc rassembler à grands frais
Ces vieux fers couverts de poussière?
Interrogez toute la terre,
Rien ne vaut les sabres français.

RAYMOND.

Eh! que voulez-vous? j'aime l'antique-moi : les Grecs, les Romains, les Étrusques, les Egyptiens... Je ne sors pas de-là.

GUILLARD.

Et pour eux, les devoirs d'un père sont oubliés : est-ce de l'antique qu'il faut à votre fille?

RAYMOND.

Je vous vois venir : vous allez me proposer encore votre fils pour gendre.

GUILLARD.

Vous ne ferlez pas trop mal de l'accepter... Mais vous m'avez promis hier, avant votre départ pour Paris, que vous vous occuperiez de lui, que vous iriez le voir.

RAYMOND.

J'ai tenu ma promesse; mais Monsieur n'était plus à son hôtel : depuis trois jours il avait disparu.

GUILLARD.

Vous m'étonnez... Est-ce que ses créanciers le poursuivraient, comme il me l'a écrit ?

RAYMOND.

On le présume. Sa réputation est fort mauvaise. Monsieur est joli garçon, à ce qu'on dit, car je ne l'ai jamais vu ; et joli garçon, on sait que c'est synonyme de libertin.

GUILLARD.

Oh! vous avez toujours été sage, vous.

RAYMOND.

Sans doute; les sciences seules m'ont toujours occupé.

GUILLARD.

Pour votre malheur.... Mais, adieu! c'est aujourd'hui la fête du village, et ma présence est nécessaire pour le bon ordre.

RAYMOND.

Est-ce que vous ne dînez pas ici ?

GUILLARD.

Aujourd'hui, impossible.

RAYMOND.

Vous verriez mon Eugénie que j'ai retirée de pension.

GUILLARD.

Impossible, vous dis-je ; comme officier public, je ne puis m'empêcher d'assister à la fête.

AIR : *Tu vas changer de costume et d'emploi.*

Jusqu'au revoir ;
Je reviendrai ce soir.
En attendant je me rends où m'appelle
De mon emploi
L'impérieuse loi ;
Je dois le remplir avec zèle :
J'ai pour tous mes bons paysans
Une affection fort sincère ;
Je les chéris, ils sont tous mes enfans,
Car je suis l'adjoint de leur maire.

(*Ensemble.*)

Jusqu'au revoir
Et { revenez / je reviendrai } ce soir
En attendant { allez où vous / je me rends où m' } appelle
De { votre / mon } emploi
L'impérieuse loi;
{ Il faut / Je dois } le remplir avec zèle.

Guillard sort. Raymond le reconduit. Pendant ce temps Albert rentre précipitamment et va s'asseoir sur la chaise qu'il avait quittée.

SCÈNE VII.

RAYMOND, ALBERT.

(*Albert présente la bague à Raymond qui s'avance vers lui en manisfestant la surprise et la joie.*)

RAYMOND.

Comment, vous étiez là?

ALBERT.

Je n'ai pas bougé... Vous ne voyez donc pas?

RAYMOND.

Pas l'ombre.

ALBERT.

C'est étonnant!

RAYMOND.

C'est prodigieux!... mon cher Anneau de Gygès.... quel bonheur!... quelle gloire pour moi de posséder ce célèbre talisman.... Mon ami, attendez-moi : je vais faire un tour à la fête.... je ferai l'essai de mon anneau.... je n'aurai qu'à tourner le chaton, pour me rendre invisible.... oh! j'en perdrai l'esprit.... quel trésor j'ai dans mes mains.... mais aussi combien d'heureux je vais faire....

Air : du vaudeville du Juif.

De bon cœur je te prêterai,
Cher talisman!... et je dirai
A cette gentille fillette
Qui, dans sa chambrette,
Reçoit en cachette
Souvent son amant :
Crains-tu ta maman?....

« Tiens, petite,
» Et tourne vite;
» Allons donc,
» Tourne le chaton.»

ALBERT.

Un auteur qui vient de tomber,
Au public veut se dérober;
Mais pour l'arrêter tout conspire.
Voyant son martyre,
Vous pourrez lui dire,
En lui confiant
Ce puissant
Talisman :
« Auteur, zeste,
» Un parti te reste;
» Allons donc,
» Tourne le chaton. »

(*Raymond sort en répétant le refrain.*)

SCÈNE VIII.

ALBERT, Mad. LEFRANC, EUGÉNIE.

ALBERT (riant).

Ah! ah! ah!

Mad. LEFRANC.

Eh! bien, qu'avez-vous?.. Quel sujet vous excite à rire de la sorte?

ALBERT (riant toujours).

Pardon, madame.... Et vous, charmante Eugénie, il m'est enfin permis de vous revoir.... Ah! ah! ah!

Mad. LEFRANC.

Mais, dites-nous enfin....

ALBERT.

C'est monsieur Raymond qui est devenu invisible.

EUGÉNIE.

Invisible!... mon père.

ALBERT.

Oh! rassurez-vous, ce ne sera pas pour long-temps... Dans cet amas de vieux cuivres qu'il a rapportés de Paris, il a trouvé un anneau d'une forme antique et bizarre.... D'après quelques mots que j'ai prononcés pour prouver ma science, il s'est imaginé être propriétaire de l'anneau de Gygès, qui rendait invisible à volonté; et le voilà qui part pour la fête du village, afin d'en faire l'épreuve.

Mad. LEFRANC.

Si cette nouvelle extravagance pouvait procurer à mon frère quelque bonne leçon.

EUGÉNIE.

Ah! ma tante.

Mad. LEFRANC.

Eh! ma nièce, ne vaudrait-il pas mieux que votre père, au lieu de s'occuper de ses balivernes, songeât à toute autre chose bien plus nécessaire.... à vous marier, par exemple.

ALBERT.

Pour cela, madame votre tante a parfaitement raison.

EUGÉNIE.

Oh! elle en veut trop à mon père.

AIR *de Céline.*

De lui, cessez donc de médire,
Je sais qu'il songe à mon bonheur;
Sa folie, hélas! a pu nuire
A son esprit, et jamais à son cœur,
Son âme est noble et généreuse,
Et son plus grand plaisir, je croi,
Serait de voir sa fille heureuse.

ALBERT.

Ah! vous le seriez avec moi....

EUGÉNIE.

J'ai peur que mon père ne soit pas de votre avis.

ALBERT.

Mais pourquoi?

EUGÉNIE.

Par la raison qui vous amène ici.... Demandez à ma tante.

Mad. LEFRANC.

Eh! oui, je vous l'ai dit; le portrait qu'on lui a fait de vous.

ALBERT.

Il est flatté... d'ailleurs, si jusqu'ici, entraîné par l'exemple plus que par mon penchant, j'ai commis quelques étourderies, quelques inconséquences, si, en un mot, j'ai été un jeune homme aimable, je vous assure que le mariage me corrigera; je serai sage, économe, autant que je fus étourdi et dissipateur, et je n'oublierai jamais les dettes que j'aurai contractées envers vous.

EUGÉNIE.

Les dettes! ce mot m'effraye dans votre bouche.

ALBERT.

Air : *Connaissez-vous le grand Eugène.*

Oui, cette promesse est sincère,
Croyez que j'y ferais honneur.

Mad. LEFRANC.

Si tu veux, par devant notaire
Il va signer qu'il est ton débiteur.

EUGÉNIE.

Avec raison je crains qu'il me mette
Au nombre de ses créanciers;
Car pour forcer à payer une dette,
L'amour, hélas! n'a point d'huissiers.

(*Albert regarde Madame Lefranc.*)

Mad. LEFRANC.

Eh!.. bien, oui; je l'ai instruite de tout, et elle vous pardonne.

EUGÉNIE (Albert lui baise la main).

Mais, ma tante, c'est à mon père à décider.

Mad. LEFRANC.

Ton père.... Est-ce que les affaires d'amour le regardent? L'amour! ce mot-là n'est pas dans son dictionnaire d'antiquités: allons, allons, mes enfans, je me charge de votre bonheur.

ALBERT.

Que de reconnaissance!

Mad. LEFRANC.

Chut! chut!.. Voici, je crois, mon frère, avec son anneau de Gygès.

Air *d'une Allemande de Mozard.*

L'invisible va paraître.
Éloignons-nous, car peut-être
Il pourrait
Se rendre maître
De notre secret.
En te mariant,
Ma nièce, tu serais ravie
Qu'on te fît présent
D'un pareil talisman.

ALBERT.

Femme aussi jolie
Que l'est Eugénie
Doit-elle vouloir
Qu'on cesse de la voir?

ENSEMBLE.

Mad. LEFRANC, ALBERT.

L'invisible va paraître, etc.

EUGÉNIE.

Oui; mon père va paraître,
Éloignons-nous, car peut-être
Il pourrait
Bientôt connaître
Mon trouble secret.

(Ils sortent tous les trois par la droite.)

SCÈNE IX.

RAYMOND (seul).

(Il arrive par le fond, tenant son mouchoir au nez comme s'il saignait.)

Ah! ce n'est plus rien... c'est fini... Peste, quel gaillard! comme il frappe... Ce n'est pas l'embarras, il doit avoir été étonné de trouver de la résistance dans le vide... Heureusement que mon nez a paré le coup.... Mais c'est égal; je me suis amusé.... Invisible à tous les yeux.

AIR: *Ah! que je sens d'impatience!*

D'abord pour commencer ma ronde,
Je passe au cabaret voisin.
Un homme à face rubiconde
Sur son verre avançait la main.
Mais moi, plus prompt j'arrive,
Je le bois... et m'esquive;
Je vois tout près de là
Un vieux papa;
Une antique et large perruque
Couvrait sa nuque,
Et moi soudain
En un tour de main

Je la fais percher
Droit sur le clocher,
Plus loin de mes tours
Je poursuis le cours;
Tout est confondu,
Chacun vraiment se croit perdu.

(*Il parle*). Et moi, je riais, je riais; on dansait à côté, je me mêle dans la contredanse; je donne un croc-en-jambe à celui-ci, un soufflet à celui-là, je fais faire des faux pas aux dames; et puis l'orchestre!... je démonte les chevilles de la basse, je crève la peau du tambourin, je bouche la clarinette; ça lui fait faire un *quoïq*!.... c'était un tumulte, un tapage.... moi j'étais dans la foule, et quoique poussé par l'un et frappé par l'autre....

Personne (*ter*) ne m'a vu.

Oh! certainement personne, et je puis dire que j'ai gardé un fier incognito.... Mais qu'est-ce que je vois ?.. mon jeune savant avec ma fille!.... Je voudrais bien savoir ce qu'ils peuvent se dire.... à moi mon anneau. (*Il frotte et tourne le chaton.*)

SCÈNE X.

RAYMOND (*dans le fond*), ALBERT, EUGÉNIE.

ALBERT (bas à Eugénie).

Feignons de ne pas l'apercevoir.

EUGÉNIE (de même).

Quoi, vous voulez....

ALBERT (de même).

Sans cela je suis perdu.... (*haut*) Oui, mademoiselle, je suis enchanté de trouver l'occasion de vous témoigner mon admiration pour les vastes connaissances de monsieur votre père.

RAYMOND (à part).

Mes vastes connaissances.... le charmant garçon!

EUGÉNIE.

Je ne suis guère en état de vous répondre sur ce sujet; car mon père lui-même trouve les miennes bien bornées.

RAYMOND.

Hum! petite ignorante!

EUGÉNIE.

AIR : *j'en guette un petit de mon âge.*

« Instruis-toi, me dit-il sans cesse ;
» Une femme doit aujourd'hui
» Réunir talens et sagesse,
» Pour fixer le choix d'un mari. »
A ce bonheur je ne puis donc prétendre ;
Hélas! je ne sais rien encor....

ALBERT.

Pour un savant vous seriez un trésor ;
Il aurait tout à vous apprendre.

RAYMOND.

Eh! mais, c'est une espèce de déclaration.

ALBERT.

Est-ce que les sciences n'ont aucun attrait pour vous, belle Eugénie ; et un époux qui partagerait le goût de monsieur Raymond, ne serait-il pas du vôtre ?

EUGÉNIE.

Si je me marie, j'ai bon espoir que mon époux ne sera pas un savant.

ALBERT (bas).

Vous m'enchantez.

RAYMOND (à part).

Elle me désespère.

EUGÉNIE.

Je veux être aimée sans partage de celui à qui je donnerai mon cœur, et je ne pourrais souffrir que le penchant qu'il aurait pour les sciences me privât d'une partie d'un bien que je désire tout entier.

ALBERT.

Ce n'est point un partage : les sciences occupent l'esprit ; mais l'amour reste toujours maître du cœur.

EUGÉNIE.

On dit cependant que l'amour est incompatible avec l'étude.

ALBERT.

Détrompez-vous, Eugénie ; l'étude éloigne quelquefois de l'objet de sa tendresse celui qu'enflamme le noble désir d'acquérir des connaissances ; mais le poëte, le philosophe, le savant se livrent avec plus d'ardeur à leurs recherches, quand ils savent que leurs succès leur mériteront un éloge de la beauté. Oui, c'est dans l'amour qu'ils trouvent le stimulant le plus vif de leurs travaux et leur plus douce récompense.

RAYMOND (à part.)

Bien parlé.... Voilà le gendre qu'il me faudrait.

EUGÉNIE.

Vous faites de l'union des sciences et de l'amour un tableau si flatteur, qu'il change toutes mes idées.

RAYMOND (à part).

Est-ce qu'elle serait disposée à l'aimer?

ALBERT.

AIR *du trio du Calife.*

Dissipez mon inquiétude,
Charmante Eugénie, en ce jour;
Croyez bien que ma seule étude
Serait de vivre pour l'amour.

RAYMOND (à part).

Ils s'aiment, fortune imprévue!
Ah! cachons-nous bien à leur vue.

EUGÉNIE.

O Ciel!

ALBERT.

Qu'avez-vous?

EUGÉNIE.

Malgré moi,
Je tremble d'espoir et d'effroi.

ENSEMBLE.

RAYMOND (à part).

Moment heureux, surprise extrême;
Ils n'osent dire : je vous aime;
Mais auprès d'eux, déjà mon cœur
Se réjouit de leur bonheur.

ALBERT, EUGÉNIE.

Moment heureux, ô trouble extrême!
Je n'ose dire : je vous aime;
Mon / Son père est là? notre bonheur
Pourra-t-il attendrir son cœur.

ALBERT.

A l'espoir du sort le plus doux,
Permettez que je m'abandonne

EUGÉNIE.

Ah ! je dépens de mon père.

RAYMOND (très-haut).

Aimez-vous,
C'est un père qui vous l'ordonne.

(*Il tourne le chaton de sa bague et se met entre eux*).

Me voici !

ALBERT (jouant l'étonnement).

Dieu ! que vois-je !

EUGÉNIE (même jeu).

Eh! quoi!
C'est vous, mon père !

RAYMOND.

Eh ! oui, c'est moi

ENSEMBLE.

RAYMOND.

Je ris de leur surprise extrême.
Vous pouvez dire : je vous aime,
Le plaisir fait battre mon cœur ;
Oui, je ferai votre bonheur.

ALBERT et EUGÉNIE.

Moment heureux, surprise extrême !
Je puis prononcer : je vous aime
Mon / Son père l'approuve et son cœur
Veut assurer notre bonheur.

ALBERT.

Quoi! monsieur, vous daigneriez...

RAYMOND.

Oui, mes enfans, vous serez unis... Je n'avais qu'un désir, c'était de donner mon Eugénie à un savant... Vous l'êtes, et vous convenez à ma fille ; nous vous arrêtons au passage.

EUGÉNIE.

Mais, mon père, où étiez-vous donc, pour entendre ce que nous avons dit ?

RAYMOND.

A tes côtés. (*à Albert.*) Cela l'étonne. (*à Eugénie.*) Vois-tu cet anneau ? Eh bien, pour me rendre invisible à tous les yeux, il suffit de cela, tiens... (*Il fait le mouvement.*)

EUGÉNIE.

Ah ! mon Dieu !

SCÈNE XI.

LES MÊMES, THOMAS.

THOMAS (accourant tout effrayé et heurtant Raymond).

Not' maitr', notr' maitr'... Ah!

RAYMOND.

Butor, tu ne peux pas prendre garde.

THOMAS.

Dam! je n'vous voyais pas.

RAYMOND.

Ah! c'est vrai, mon anneau... J'oubliais que j'ai tourné le chaton. (*Il le retourne.*) Mais tu me vois à présent.... Eh! bien que veux-tu?

THOMAS.

C'est un petit homme tout noir qui dit comm' ça qu'il vient arrêter...

RAYMOND.

Qui donc?

THOMAS.

Un monsieur Albert.

RAYMOND, EUGÉNIE.

Vous!

ALBERT (à part).

J'en étais sûr. (*à Raymond.*) Vous n'ignorez point que nous autres savans, nous ne nous occupons pas beaucoup des biens de la terre... Je me trouvais dans une situation fort embarrassante; et, pour m'en tirer, au moyen d'une opération du plus haut intérêt, je suis parvenu à faire de l'or.

RAYMOND.

J'entends; vous avez trouvé la pierre philosophale.

ALBERT (à Eugénie).

Oui, à 75 pour cent.

RAYMOND.

Et l'on vous accuse sans doute de manœuvres cabalistiques.. Voilà comme on traite le mérite.

ALBERT.

Ce n'est pas d'aujourd'hui, monsieur, vous le savez.

RAYMOND.

Et c'est pour avoir voulu marcher sur les traces des grands hommes...

ALBERT.

Qu'on est sur les miennes.

RAYMOND.

Comment faire?... laissez-moi réfléchir. (*à part.*) Si je lui prêtais ma bague il pourrait aisément éviter leurs regards... Oui, mais un objet d'un si grand prix peut-on le confier à des mains étrangères?... Ma foi... Si moi-même? Je ne risquerais rien, et je m'amuserai. (*haut.*) Mon ami, vous êtes sauvé.

ALBERT.

Vraiment!

RAYMOND.

Ma fille, laisse-nous; et toi, Thomas, fais entrer ce monsieur.

THOMAS.

Oui, not' maitr'.

EUGÉNIE.

Courons prévenir ma tante de ce contre-temps. (*Elle sort avec Thomas.*)

SCÈNE XII.

RAYMOND, ALBERT.

RAYMOND.

Vous savez que, chez les anciens, les lois de l'hospitalité étaient sacrées... Je ne les violerai pas non plus... On ne portera pas la main sur vous dans ma maison. Je me ferais plutôt mettre à votre place.

ALBERT.

A ma place! vous n'y pensez pas.

RAYMOND.

Pardonnez-moi.

ALBERT.

Je ne souffrirai pas que vous vous exposiez.

RAYMOND.

Je ne m'expose à rien... Soyez tranquille. Je me charge de votre affaire, et, s'il le faut, je répondrai pour vous.

ALBERT.

Que de grâces!

RAYMOND.

Vite, vite, entrez dans mon cabinet; tout en évitant ceux qui vous poursuivent, vous trouverez de quoi satisfaire votre savante curiosité.

AIR *du vaudeville des Gascons.*

Je ne suis pas un charlatan;
Mais entrez, je vous le conseille,
Et vous verrez mainte merveille
Digne des regards d'un savant.

ALBERT (*regardant les antiquités qui sont sur la parte.*)

Dieu! que d'objets remplis d'appas
Pour des hommes de notre sorte.

RAYMOND.

Mon cher ne vous amusez pas
Aux bagatelles de la porte (*bis.*)

ENSEMBLE.

Je ne suis pas un charlatan, etc.

ALBERT.

Quoiqu'il ne soit pas charlatan,
Ses phrases aux leurs sont pareilles;
Car il parle de ses merveilles
Tout comme un artiste en plein vent.

(*Raymond le fait entrer, ferme la porte et la rouvre de suite.*)

RAYMOND.

Ah! prenez garde au petit fourneau qui est là-bas dans le fond; c'est dans cet alambic que se distillent mes espérances les plus chères. (*Il referme la porte et laisse la clef dans la serrure.*) Maintenant, j'attends de pied ferme.

SCÈNE XIII.

RAYMOND, PROTÊT.

PROTÊT.

Monsieur, votre serviteur de tout mon cœur; pardon de la liberté. Je suis à la poursuite d'un individu, et, d'après les renseignemens que j'ai pris, il doit être arrivé chez vous ce matin... Monsieur Albert.

RAYMOND (l'interrompant).

C'est moi, monsieur.

PROTÊT.

Vous voulez rire... Monsieur Albert est, dit-on, un jeune homme.

RAYMOND.

Je ne suis pas vieux, il me semble, mon brave.

PROTÊT.

Eh bien, puisque vous êtes monsieur Albert, je vous arrête.

RAYMOND.

Comment?

PROTÊT.

Oui, monsieur, en vertu d'une petite sentence entraînant prise de corps, laquelle je vais avoir l'honneur de vous exhiber.

RAYMOND.

C'est inutile.

PROTÊT.

Vous voulez donc satisfaire?

RAYMOND.

Pas du tout.

PROTÊT.

En ce cas, en prison.

RAYMOND.

Ce n'est pas vous qui m'y menerez, bon-homme.

PROTÊT.

Non!

RAYMOND.

Je vous en défie.

PROTÊT.

AIR : *de Turenne*.

Allons, monsieur, vous voulez rire;
En vain vous me résisterez,
En prison je dois vous conduire;
J'ai la force et vous me suivrez.

RAYMOND.

Prenez, mon cher, des airs plus pacifiques,
En paix ici songez à me laisser,
Ou je vous prends et m'en vais vous placer
Dans mon cabinet des antiques.

PROTÊT.

Vous voulez rire... Allons, allons, il est temps que cela finisse: holà, vous autres.

SCÈNE XIV.

LES MÊMES, plusieurs recors.

RAYMOND (à part).

Diable, ils sont en nombre... C'est égal, ce sera plus drôle.

PROTÊT.

Entourez monsieur, et marchons.

RAYMOND (aux recors qui s'approchent).

Un moment! un moment! (*à part.*) Ils croyent m'emmener... en avant l'anneau de Gygès. (*Il frotte l'anneau et tourne le chaton.*) Disparais! (*Il veut se sauver; les recors le prennent au collet.*) C'est singulier comme ils m'ont saisi juste au collet. (*Il tente d'ôter son habit et de s'échapper.*)

PROTÊT.

C'est envain que vous voudriez nous échapper; nous avons des yeux.

RAYMOND.

Pour ne point voir. (*Il frotte encore sa bague et essaye de s'échapper*).

PROTÊT.

Trève aux railleries, monsieur, il faut marcher.

RAYMOND (à part).

Eh! mais... est-ce qu'ils me verraient réellement. (*haut.*) Est-ce que je ne suis pas disparu?

PROTÊT.

Allons, vite, qu'on l'entraîne.

RAYMOND.

O ciel! ma bague a perdu son effet. Je ne suis pas invisible. Messieurs, une petite explication. C'est un jeune homme que vous venez chercher.

PROTÊT.

Tà, tà, tà... nous n'écoutons rien.

CHOEUR (excepté Raymond).

AIR : *Marchons, suivons les pas.*

Marchez
Et vous allez
En effet disparaître;
Vous serez tout de bon,
Invisible en prison. (*bis.*)

RAYMOND.

Ma bague est sans effet;
Ciel! je vais disparaître;
Je serai tout de bon,
Invisible en prison.

CHOEUR.

Marchez, etc.

(*Ils sortent tous par le fond.*)

SCÈNE XV.

ALBERT (seul; il entrouvre doucement la porte et paraît quand tout le monde est sorti).

Pour cette fois, voilà l'anneau tout-à-fait en discrédit, et ce pauvre monsieur Raymond qu'ils emmènent à ma place!.. Mais c'est pousser assez loin la mystification... Courons le délivrer... O ciel! que vois-je? mon père? rentrons dans le sanctuaire impénétrable aux profanes. (*Il rentre dans le cabinet.*)

SCÈNE XVI.

GUILLARD, Mad. LEFRANC, EUGÉNIE, THOMAS.
(*Entrant par une porte latérale.*)

THOMAS.

Tiens... Ils ne sont plus ici.

GUILLARD.

Quoi! madame Lefranc! vous êtes sûre que c'est mon fils.

Mad. LEFRANC.

Oh! mon Dieu, oui.

EUGÉNIE (à Thomas).

Et tu ne les a point vus partir?

THOMAS.

Dam' j'étais à l'autr' bout du jardin.

Mad. LEFRANC.

Est-ce que vous le laisserez ainsi conduire en prison?

GUILLARD.

Non pas vraiment; je ne croyais pas que cela irait jusque-là. Je lui ai refusé assez durement, il est vrai, un millier d'écus pour acquitter une dette : mais si j'avais su qu'il eût affaire à un arabe... Mon pauvre fils en prison!... Un garçon plein de mérite au moins, Madame Lefranc, et qui, j'en suis sûr, fera le bonheur de mademoiselle Eugénie.

EUGÉNIE.

Ma tante et moi nous savons l'apprécier.

GUILLARD.

Il est jeune, il a fait des folies, c'est tout simple; mais je lui pardonne de tout mon cœur... Voir mon fils en prison!

AIR *du Carnaval.*

Ah! tous ses torts, son malheur les répare;
Dût-il bien plus, chez moi les fonds sont prêts.
Quoi dans les fers un créancier barbare,
Va sans pitié le plonger!.. Non jamais.

(*Albert ouvre la porte et s'avance.*)

SCÈNE XVII.

LES MÊMES, ALBERT.

GUILLARD (sans le voir).

(*Suite de l'air.*)

Jusqu'à ce jour si je fus trop sévère,
Sur ses destins enfin je m'attendris;
Ah! croyez-moi, toujours les bras d'un père
Furent ouverts au repentir d'un fils.

ALBERT (se jetant dans ses bras).

Quoi! mon père, vous seriez assez bon....

GUILLARD.

Oui, sans doute, mon ami, je te pardonne et je paierai.. Mais tu seras sage désormais....Voyons, où sont tes créanciers!

ALBERT.

Ils sont partis.

Mad. LEFRANC.

Sans caution.

ALBERT.

Ah! pardon, un ami...

GUILLARD.

Lequel?

ALBERT.

Monsieur Raymond; et c'est lui qu'ils emmènent à ma place.

EUGÉNIE.

Comment? mon père!

ALBERT.

Il a voulu absolument répondre pour moi; il comptait sur son anneau pour le tirer delà... Mais les huissiers ont la vue bonne, et il n'a jamais pu se rendre invisible à leurs yeux.

GUILLARD.

Viens, mon fils; ne le laissons pas plus long-temps dans l'embarras pour toi.

GUILLARD et ALBERT.

AIR : *Mon cœur à l'espoir s'abandonne.*

Lorsqu'aujourd'hui seul {je cause / tu causes} sa peine,
Et qu'à {ma / ta} place on le mène en prison,
Sans hésiter {je cours / courons} briser sa chaîne;
Et c'est {à moi / à toi} de payer sa rançon.

SCÈNE XVIII.

THOMAS (seul).

Hé bien! ils s'en vont... Oh! ça serait ben l' moment d'entrer voir ce qu'il y a dans ce cabinet. (*Il regarde de tous côtés.*) Personne; la clef y est... Si ma femme savait à quoi que j'm'expose pourtant... Y a peut-être là d' dans des lutins, des loups garoux, des spect... Ah! mon Dieu! mon Dieu!

AIR : *si Madame me voyait.*

Qu'on est bêt' quand on est poltron!
Ça, du courage; ouvrons la porte...
Mais j'ai peur que l' diable m'emporte.
Bah! c'est des bêtis', allons donc!

(*Il ouvre la porte à moitié et regarde en tremblant.*)

Oh! j' vois là-bas un' vilain' face;
J' crois qu'elle a quelqu' chose sur l' front.
Him! c'est moi que j' vois dans un' glace,
Qu'on est bêt' quand on est poltron.

(*Il entre dans le cabinet.*)

SCÈNE XIX.

RAYMOND, GUILLARD, ALBERT, Mad. LEFRANC, EUGÉNIE, plusieurs villageois.

(*Guillard et Albert ramènent Raymond.*)

TOUS (excepté les villageois).

AIR: *Vive le vin de Ramponeau.*

Ah! Dieu merci,
Tout est fini;
La singulière
Affaire!
Mais que veulent ces gens
Céans.

LES VILLAGEOIS.

Ah! Monsieur Raymond, payez-moi.

RAYMOND.

Quoi?

LES VILLAGEOIS.

1 Le hautbois...
2 Le tambourin...
3 La basse...
4 Le verr' de vin...
5 Et la perruque neuve.

RAYMOND.

Et mais je crois qu'en effet
Tantôt l'on me voyait.

GUILLARD.

Certes, en voilà la preuve!

RAYMOND (partant).

C'est bon, c'est bon, tenez... (*Il leur jette une bourse.*)

TOUS (reprise du chœur).

Ah! Dieu merci,
Tout est fini;
La singulière
Affaire!
Et puis chacun a le sien,
Nous ne vous demandons plus rien.
Bien.

(*On entend une explosion*).

TOUS (avec effroi).

Ah mon Dieu!

RAYMOND (à tout le monde avec enthousiasme).

Ne bougez pas.... Restez tous pour être témoins de mon bonheur... Ma fortune est faite... Ce bruit me l'annonce... *Exegi monumentum*; le grand œuvre est achevé!

GUILLARD.

Encore quelque sottise.

SCÈNE XX.

LES PRÉCÉDENS, THOMAS (*sortant du cabinet, la figure noire, les mains brûlées, et pleurant*).

THOMAS.

Hein! hein! hein! est-il possible!

RAYMOND.

Malheureux! qu'as-tu fait?

THOMAS.

En passant à côté d'un fourneau là-dedans, j'ai tout jeté par terre; ça m'a tout brûlé.

RAYMOND.

Malédiction! je suis perdu... ruiné... anéanti. (*Il se précipite dans le cabinet.*)

Mad. LEFRANC (riant).

Voilà toutes les espérances de mon frère qui s'en vont en fumée.

RAYMOND (rentrant d'un air sombre, un reste d'alambic à la main).

Tout est consumé.

« D'un siècle de travaux voilà ce qu'il me reste. »

O Thomas! quel tort tu me fais!

GUILLARD.

Hé bien, mon ami, vous aviez promis la main de votre fille à ce jeune homme; il n'est plus le fils du grand ni du petit Albert, mais il est le mien, et j'espère que vous ne vous rétracterez pas pour cela.

RAYMOND.

Non, sans doute. (*à part à Albert.*) Nous ferons des expériences ensemble, mon cher Albert; car, malgré le petit tour que tu m'as joué au sujet de cet anneau, tes discours m'ont prouvé que tu sais unir la science de l'amour à l'amour de la science.

VAUDEVILLE FINAL.

AIR *du vaudeville de l'école de village.*

RAYMOND.

Sur plus d'un point je reconnais
Que je m'abusais, mais j'y pense;
Mes enfans, l'anneau de Gygès
Va tomber en votre puissance.
(à sa fille.) Oui l'anneau qu'en se mariant
On a coutume de remettre,
Pour l'amour est un talisman;
Car parfois son charme puissant
Le fait paraître et disparaître.

THOMAS.

Jusqu'ici j'avais confondu
La physique avec la magie,
Et j' m'ai cru plus d'un' fois perdu,
En entendant parler d' chimie;
Mais aujourd'hui, j' suis plus malin,
J' s' rais ben physicien comm' not' maître.
Que l'on serve soir et matin
Sur ma tabl' bonn' chère et bon vin;
Ça n' f'ra qu' paraître et disparaître.

Mad. LEFRANC.

On dit en vain que les amours
S'accordent avec la science;
Moi du contraire, en mes beaux jours,
J'ai fait la triste expérience;
Je suis veuve et n'ai point d'enfans;
La cause est facile à connaître;
Mon époux était un savant
Dont, pour moi, l'amour n'a souvent
Fait que paraître et disparaître.

ALBERT.

On n'arrivait que pas à pas,
Jadis au temple de mémoire;
Mais artistes, savans, soldats
Aujourd'hui volent à la gloire.
Pour acquérir un nom brillant,
Naguère il eût fallu peut-être
Vingt-ans de travaux; à présent
Périls, obstacles; un moment
Les voit paraître et disparaître.

GUILLARD.

L'homme de bien après sa mort
Laisse une mémoire immortelle;

Dans la tombe il existe encor :
Le bien qu'il fit nous le rappelle.
Mais un égoïste ici-bas
S'est donné la peine de naître ;
Nul bienfait n'a marqué ses pas :
Sur terre, qu'a-t'il fait ? hélas !...
Rien... que paraître et disparaître....

EUGÉNIE (au public).

Dans nos jeux, de maint talisman
La puissance fut célébrée ;
Mais nul auteur jusqu'à présent
N'a parlé de la clef forée,
Et pourtant, messieurs, son pouvoir,
Au théâtre s'est fait connaître.....
Mais dans vos mains je crois en voir !
De grâce qu'elles n'aient ce soir
Fait que paraître et disparaître.

FIN.

www.ingramcontent.com/pod-product-compliance
Ingram Content Group UK Ltd.
Pitfield, Milton Keynes, MK11 3LW, UK
UKHW020419220726
13923UKWH00005B/2048

9 782329 063041